디.에이.

디.에이.

YA
01

코니 윌리스 소설

김세경 옮김

D. A.

아작

1

학교에서 UCLA 입학시험 공부를 하며 킴킴과 이야기하고 있는데 휴대전화가 울렸다.

'미디어센터에서 절대 정숙하기'는 시오노프 선생님이 세운 많은 규칙 중 하나다. 규칙들은 하나같이 짜증스러웠다.

"테오도라."

선생님이 나를 노려보며 말했다.

"규칙 알잖아. 휴대전화 금지. 당장 제출해."

"저는 센터에 들어올 때 꺼서 노트북 가방에 넣었어요."

나는 다른 칸 안을 들여다보며 시오노프 선생님께 말했다.

"그렇다면 휴대전화가 왜 울리는 거지? 전화기를 켜고 킴킴한테 메시지 보낸 거 아니야?"

"아니에요."

엄밀히 말하자면, 내 말은 사실이었다. 나는 킴킴과 메시지를 주고받은 게 아니라 대화하고 있었으니까. 게다가 알람이 울린 휴대전화는 내가 킴킴과 대화 중이던 전화기가 아니었다. 애초에 미디어 센터에서 메시지를 주고받지 못하게 한다는 것 자체가 말이 되지 않았을 뿐만 아니라, 컴퓨터 천재인 킴킴이 텔레파시로 대화가 가능한 납작한 손목시계를 급조해 냈기 때문에, 손으로 머리를 받친 채 킴킴과 이야기하면 그저 뭔가 골똘히 생각하는 것처럼 보였다.

"정말이에요. 꺼져 있다고요."

내가 말했다.

"과연 그럴까?"

시오노프 선생님은 휴대전화를 내놓으라는 듯

손을 내밀었다.

"공범은 오늘 어디 있지?"

"CU에 면접 보러 갔어요."

나는 계속 휴대전화를 찾으며 말했다.

"학교 전체가 오버라이드됐나 보죠."

"그러면 왜 다른 학생들의 휴대전화기는 안 울렸을까?"

좋은 지적이었다. 나는 가방 밑바닥까지 뒤져 결국 휴대전화를 찾아냈다.

"보세요."

내가 선생님께 검은 화면을 보여주며 말했다.

"꺼져 있다고 말씀드렸잖아요."

그리고 내가 '디스플레이' 버튼을 누르자 화면에 '오후 1시 집합. 의무 출석.'이라는 공지가 떴다.

"오버라이드라고 말씀드렸잖아요."

시오노프 선생님이 화면을 보러 휴대전화를 낚아채려는 순간, 플레처 데이비스의 휴대전화가 울렸고 곧이어 아메드 피츠윌리엄의 휴대전화도 울렸다. 그리고 시오노프 선생님의 휴대전화도.

선생님은 내게 휴대전화를 돌려주고 자기 전화기를 끄러 달려갔다. 선생님이 자리를 뜨자 나는 킴킴에게 공지 메시지를 전송한 뒤 가방을 챙겨 강당으로 향하며 물었다.

'무슨 일일까?'

'그야 나도 모르지.'

킴킴이 답장을 보냈다.

'내 휴대전화도 방금 울렸어. 스노우보드팀이 경기에서 이기기라도 했나?'

'그렇다고 의무 출석일 리는 없잖아.'

우리의 후이자마 교장 선생님은 학생들을 집합시키길 너무너무 좋아했다. 소방 훈련 시 대피 경로들을 알려줘야 할 때도, 점심시간이 변경됐다거나 2군이었던 스도쿠팀이 주에서 2등을 차지했다는 걸 공지할 때도 학생들을 강당에 집합시켰다. 하지만 그런 집합들은 출석이 선택 사항이었다. 대학 합격자와 장학생 명단을 발표하는 소집은 의무 출석이었지만 그 때문일 리도 없다. 대학 입학시험 및 면접 기간은 아직 끝나지 않았다. 킴킴이 여기 없는 것도 그 때문이다.

'1시까지 올 수 있겠어?'

나는 킴킴에게 메시지를 보냈다.

'아슬아슬하겠는데.'

킴킴이 대답했다.

'내 자리 맡아둬.'

나는 북적이는 복도를 따라 이동했다. 복도에 있는 이들 모두 이 사람 저 사람에게 소집의 목적에 대해 아는지 묻고 있었지만 아는 이는 아무도 없는 듯했다.

"'책임 있게 행동해라'는 훈시만 아니었으면 좋겠어."

샤를렌의 목소리가 들렸다.

'아, 젠장.'

내가 킴킴에게 메시지를 보냈다.

'제발 교장 선생님 훈시만 아니었으면.'

'내가 한번 알아볼게.'

킴킴이 답장을 보내왔다. 말했던 것처럼 킴킴은 컴퓨터 천재다. 유로-아메리칸 연합 국방부를 포함해 킴킴이 뚫지 못할 곳은 없었다. 그러니 후이자마 교장 선생님의 일정표쯤이야 아무것도 아니었다.

'고마워.'

그리고 나는 여자 화장실로 향했다. 행여 교장 선생님이 한바탕 일장 연설을 늘어놓을 예정이라면 화장실에 숨어 있을 셈이었다. 하지만 복도를 지나 화장실에 이르기도 전에 코리앤더 에이브럼스가 휴대전화를 두 손으로 꼭 그러쥐고 비명을 지르며 달려왔다.

"어머나, 어머나! 의무 출석 집합이라니! 테오도라, 이게 뭘 의미하는지 알겠니?"

코리앤더는 비명을 지르며 내 팔을 잡고 강당으로 끌고 들어갔다.

"바로 그거야! 네 생각엔 나 어때? 가능성 있어 보여? 솔직히 말해봐, 그래? 완전히 끝내주게 멋지지 않니?"

마침내 코리앤더가 내 팔을 놓아주자(코리앤더의 친구인 첼시가 나타나 그 애를 끌어안으며 '난 네

가 될 줄 알았어! 어머나, 사관생도라니! 넌 정말 행운
아야!'라고 새된 소리를 지르고 둘이서 팔짝팔짝 춤
을 추느라 코리앤더는 내 팔을 놓아줄 수밖에 없었
다), 나는 킴킴에게 메시지를 보냈다.

"아니야, 안 알아봐도 돼. 무슨 일인지 알겠어."

★

진즉 눈치를 챘어야 했다. 지난 9월 IASA의 사
관생도 모집관이 학교를 방문해 짧은 격려 연설을
한 뒤로 애들의 대화는 온통 사관학교에 대한 이야
기뿐이었다. 사실 윈프리 고등학교 학생들에게 격
려 연설 따위는 필요가 없었다. 4분의 3은 벌써 지
원서를 제출했고 나머지 4분의 1도 입학시험을 통
과할 수 있으리란 확신만 있었다면 지원했을 것이
다. 사관학교가 왜 굳이 모집관을 보냈는지 나로서
는 도무지 이해되지 않았다.

이는 학교에 다님으로써 겪게 되는 짜증 나는
상황 중 하나였다. 나는 다른 아이들처럼 원격 학
습을 원했지만, 엄마는 광적으로 과거를 동경했고

결국 아빠까지 설득했다.

"제가 독립적인 인간이 되고 무리에 휩쓸려 살지 않았으면 좋겠다고 하셨잖아요."

내가 아빠에게 말했었다.

"당연하지. 그렇게 살기 위해선 일단 무리 안에 있는 게 가장 좋지 않겠니?"

이어 아빠는 점심을 먹는 식당에 악취탄을 설치했던 학창 시절 무용담을 길고 지루하게 늘어놓았다.

그리하여 난 지난 3년 동안 시오노프 선생님의 말도 안 되는 휴대전화 사용 규칙들과 사물함 비밀번호들과 학교 식당 점심 메뉴와 의무 출석 집합들과 사관학교에 입교하고 싶어 침을 질질 흘리는 아이들을 견뎌내야 했다.

사관학교 입교는 불가능에 가까운 일이었다. 한 해에 선발되는 생도는 3백 명밖에 안 됐는데, 그중 유로-아메리카 연합 출신은 절반도 안 되니 경쟁이 치열할 수밖에 없었다. 지원자들은 입학시험에서 천문학적으로(정말이지 적절한 표현이다!) 높은 점수를 얻어야 했고, 어마어마하게 많은 수학 수업과 과학 수업을 수강해야 했으며, 완벽한 신체 조건을 갖추고 4단계에 걸친 심리검사와 면접을 통과해야 했다.

하지만 그게 전부가 아니다. 5만 명이 넘는 열의에 찬 지원자 중 신입생을 뽑기 위해 IASA는 온갖 이상한 알고리즘과 추가 기준들을 적용했는데, 그것들이 뭔지는 아무도 몰랐다. 우리 학교에 온 모집관은 '생도들은 헌신과 결의와 희생정신을 보여줘야 합니다.'라든가 '우리는 뛰어난 학생을 찾는 게 아니라 특별한 학생을 찾습니다.' 같은 의미심장한 발언을 했고, 코리앤더가 '선발될 확률을 높이기 위해서 제가 뭘 할 수 있을까요?'라고 질문하자, '사관학교는 그저 최고 중의 최고를 원하는 게 아니라 최고 중의 최고 중의 최고를 원합니다.'라고 답했다.

"외계 낙농학 수업에선 젖 짜서 치즈 만드는 법까지 가르쳐준다던데 그건 들었니? 그것까지 들으면 너야말로 최고 중의 최고 중의 최고가 되지 않을까?"

나는 코리앤더에게 그렇게 말했다.

"닥쳐."

코리앤더가 쏘아붙였다.

"내가 지원 과정 중 첫 세 단계를 통과해 질투하는 거잖아."

어느 해에는 사관학교가 천체물리학과 외계 생물학을 수강한 학생들을 주로 선발하는 것 같았고 (바이러스보다 큰 외계 생명체는 아직 발견되지 않았는데도), 또 어느 해에는 윤리학을 수강한 학생들이 선발되는 듯했다. 혹은 르네상스 역사를 수강한 학생들을 뽑거나. 5년 전에 발표된 어느 연구 결과는, 학교에 다니는 아이들이 홈스쿨링을 하거나 원격 학습을 하는 아이들보다 통계적으로 유리하다는 걸 넌지시 암시했고, 그건 다시 말해 윈프리 고등학교에 재학 중인 학생 중 나를 제외한 모든 이가 사관학교에 입교할 확률을 높이기 위해 학교에 다닌다는 의미였다.

한 사람의 확률은 확실히 높아졌다.

나는 그게 코리앤더라고 확신했다. 그 앤 르네

상스 역사와 윤리학과 외계 생물학은 물론이고 자기가 생각해낼 수 있는 모든 과목을 수강했으며, 스포츠와 토론과 지역 봉사 활동에 맹렬히 참여했을 뿐만 아니라, 모집관에게 질문할 수 있는 시간이 주어지자 그 시간을 완전히 독차지했다. 결국 나는 코리앤더를 잠시라도 입 다물게 하려고 손을 번쩍 들었다.

"아, 질문 있나요? 이름이⋯⋯."

모집관이 활짝 웃으며 내게 물었다. IASA가 파견할 만한 활달하고 홍보에 능한 타입의 인물이었다.

"바움가르텐이요."

내가 말했다.

"테오도라 바움가르텐입니다. 정신이 나가지 않고서야 도대체 왜 사관학교에 가고 싶을지 설명을 좀 해주시겠어요? 제 말은, 우주인이 되면 우주로 나갈 수 있다는 건 압니다만, 누가 그러고 싶겠어요? 공기도 없는 데다, 주스 캔만 한 우주선 안에 쑤셔 박혀 있어야 하고, 그나마 좀 흥미로운 곳에

닿으려면 몇 년을 가야 하잖아요. 도착하자마자 유성이나 태양 플레어나 시스템 오작동 때문에 죽지 않을 거라는 법도 없고요."

전교생이 일제히 고개를 돌려 나를 노려보았다. 마치 내가 고대 수메르어로 말하기라도 하듯 이해되지 않는다는 눈초리였다. 모집관은 냉철한 눈빛으로 나를 빤히 바라보다가 고개를 돌려 후이자마 교장 선생님에게 무언가를 말했다.

"너 방과 후에 남아야 할걸."

플레처가 말했다.

"다른 질문이 또 있나요?"

모집관이 노골적으로 내가 있는 곳을 피해 다른 쪽을 보며 물었다.

"네."

코리앤더가 말했다.

"우주공학 수업은 몇 과목이나 수강해야 하나요?"

★

"사관학교에 지원할 계획은 없길 바란다."

나중에 강당을 떠날 때 킴킴이 말했다.

"넌 방금 합격할 기회를 완전히 날려버렸거든."

"잘됐네."

내가 말했다.

"난 지구를 떠날 생각이 추호도 없으니까."

"진짜? 사관학교에 가고 싶은 마음이 전혀 없다고?"

"없어."

내가 말했다.

"너는?"

"당연히 가고 싶지."

킴킴이 말했다.

"화성과 토성의 고리들을 생각해봐. 게다가 사관생도가 되는 거잖아. 난 가고 싶어도 수학 성적이 안 좋아서 못 간다고."

바로 그때, 코리앤더가 쿵쾅거리며 들이닥쳐서는 으르렁거리듯 말했다.

"네가 벌인 그 수작 때문에 내가 합격할 기회가 날아가버리면 가만 있지 않을 거야."

내가 보기에 그럴 일은 없을 것 같았다. 우리가 강당으로 들어서는 이 순간, 후이자마 교장 선생님이 무대 위에서 코리앤더를 향해 자랑스럽다는 얼굴로 활짝 웃고 있었기 때문이다.

합격자를 발표할 사람이 누군지는 몰라도 아직 도착하지 않은 듯했다. 나는 혹시라도 그때 그 모집관일 경우를 대비해 강당 맨 뒤쪽에 빈자리가 있는지 찾았고, 코리앤더와 그 애의 꽥꽥대는 친구들이 어디 앉는지 확인한 뒤 최대한 멀리 떨어져 앉았다. 그리고 아직도 도착하지 않은 킴킴을 위해 내 옆자리에 가방을 올려두었다. 킴킴이 보낸 메시지에 따르면 이 소집은 사관학교에 새로 입교할 생도 지명식인 게 확실했다.

'적어도 교장 선생님 설교는 없어.'

킴킴이 말했다.

나는 그 말을 믿을 수가 없었다. 후이자마 교장 선생님이 무대 강단 앞에 서서 홀로포인트 제어장치들을 만지작거리며 마이크에 대고 "이거 켜진 게 맞나요?"라고 말하고 있었기 때문이다. 내 앞줄에서는 첼시 구드럼이 휴대전화에 대고 꽥꽥거렸다.

"너인 게 분명해, 코리앤더! 어디 앉아 있어?"

첼시가 물었다. 코리앤더가 자기 위치를 알려줬는지 첼시가 팔을 크게 휘둘렀다.

"이쪽으로 와!"

첼시가 말했다.

"아니. 여기 빈자리 엄청 많아."

'아, 젠장.' 나는 속으로 혼잣말을 하고 자리에서 일어났지만, 강당은 이미 학생들로 꽉 차 두 자리가 나란히 비어 있는 곳은 첼시 옆자리뿐이었다. 이미 너무 늦었다. 후이자와 교장 선생님이 말했다.

"학생 여러분, 자리에 앉으세요!"

나는 자리에 다시 앉으며 코리앤더도 시간이 없어 자리를 못 바꾸기만을 바랐지만, 어느새 그 애는 연신 비명을 질러대는 다른 친구 네 명을 데리고 내가 있는 곳으로 와 있었다.

"정말 최고로 끝내주게 멋진 일 아니니?"

첼시가 코리앤더를 끌어안으며 소리를 질렀다.

"네가 사관생도가 된다니!"

"자리에 앉으세요."

후이자마 교장 선생님이 반복해서 말했다.

"그리고 휴대전화는 꺼주세요."

그건 전혀 필요 없는 지시였다. 집합이 시작되면 모든 무선 대역이 자동으로 불통되기 때문이다.

'시작했어.'

나는 킴킴에게 메시지를 보냈다.

'지금 어디야?'

'덴버. 10분 후에 도착해.'

"오늘 우린 대단히 영광스러운 일을 축하하기 위해 여기 모였습니다."

후이자마 교장 선생님이 말했다.

"국제우주사관학교에 입교할 학생을 지명하기 위해서죠. 자랑스럽게도 지난 수년간에 이어 올해에도 우리 윈프리 고등학교 학생 중 한 명이 이렇게 영광스러운 자리에 선발되었습니다."

그러고는 과거 합격자들의 이름을 하나도 빠짐없이 열거하기 시작했다. 다들 졸음에 겨울 만도 했지만, 강당에 모인 학생 모두 잔뜩 긴장된 분위

기 속에서 교장 선생님 말에 귀를 기울였다. 코리
앤더의 친구들만큼은 예외였다. 그들은 코리앤더
의 양팔을 꽉 그러쥐고 흥분을 감추지 못하며 수군
거렸다.

'내가 뭐 놓친 건 없어?'

교장 선생님이 722번째로 합격한 졸업생의 이
름을 말하고 있을 때 킴킴에게서 메시지가 왔다.

'아니.'

나는 의자에 등을 기대며 대답했다.

'너 윈프리 고등학교가 6년 연속으로 비단잉어
양식 대회에서 우승을 차지했다는 거 아니? 그나
저나 지금 어디야?'

'서쪽 출입문 옆. 너한테로 갈 수가 없네.'

'다행인 줄 알아.'

나는 그렇게 답장했고, 이젠 나지막이 훌쩍거리
기까지 하는 코리앤더 이야기를 해주었다.

'적어도 넌 문 옆에 있으니 빠져나갈 수 있을
거야.'

나머지 우리와는 달리 말이다. 후이자마 교장

선생님은 몇 번의 지질학적 시대를 거칠 만큼 길고 긴 합격자 명단을 늘어놓은 끝에 이렇게 말했다.

"하지만 그 누구도 오늘 호명될 학생만큼 뛰어나진 않았습니다. 이제 항공 우주국의 참모부장이신 H. V. 워싱턴 제독님을 환영하는 바입니다."

우레와 같은 박수가 쏟아졌다.

"어머나 세상에, 제독님이 직접 오셨어!"

코리앤더가 소리를 질렀다.

제독이 강단으로 걸어 나왔다.

"매년 IASA는 유로-아메리칸 연합 전역에서 지원한 학생 중 생도들을 선발해 사관학교에 입교시켜 왔습니다. 그들은 엄격한 4단계 지원 및 면접 과정을 통과해야 하고 우수한 자질들을 보여주어야 하며……."

아, 맙소사, 당신까지. 나는 속으로 생각했다.

'그냥 합격증을 코리앤더한테 주고 나머지 우리는 이 고통에서 해방시켜줄 것이지 도대체 왜 저러는데?'

내가 킴킴에게 메시지로 말했다.

'코리앤더라는 거, 모두가 다 아는 사실이잖아.'

'모두는 아니야.'

킴킴이 답장을 보냈다.

'절반에 가까운 돈은 맷 성한테 걸려 있어.'

'무슨 말이야? 돈의 절반이 걸려 있다니? 내기라도 한다는 거야?'

'윈프리 고등학교는 도박을 엄격히 금지한다.'

킴킴이 교칙을 인용했다.

'당연히 내기하지. 막판이지만 너도 돈을 걸어 볼래?'

'좋아.'

내가 말했다.

'코리앤더랑 맷 말고 또 누가 후보인데? 토마스 리베라?'

'아니. 그 앤 2차 면접에서 떨어졌어.'

'말도 안 돼.'

나는 토마스가 합격할 확률이 높다고 생각했었다. 성적도 좋고 SAT 점수도 높았기 때문이다. 여러 차례 국가대표 체조선수였기도 했다.

"다시 말해 저희 사관생도들은……."

제독이 말했다.

"그저 최고 중의 최고가 아니라, 최고 중의 최고 중의 최고입니다."

'2학년생들 중 일부는 레니 닉슨을 지지하고 있어.'

킴킴이 메시지를 보냈다.

'레니라고? 그 앤 로즈 장학생이 되고 싶어 하는 줄 알았는데?'

'그건 사관학교에 들어가지 못할 때지. 생도가 될 기회를 마다할 사람은 아무도 없어. 그래서 대학들이 합격자 명단을 발표하기 전에 사관학교가 먼저 생도를 뽑는 거잖아.'

"오늘 지명될 학생은 그러한 출중함을 보여주는 전형적인 예입니다."

제독이 말했다.

제독이 곧 연설을 마무리할 것 같았다. 내기에 참여하려면 지금 해야 했다.

'난 맷한테 걸래.'

나는 그렇게 말하고 코리앤더를 힐끗 보았다.

그 애는 자기 양쪽에 앉은 친구들의 손을 움켜쥔 채 입술을 꼭 깨물고 있었다. 생도가 되고픈 열망이 합격 조건에 포함된다면, 그 애가 합격하는 건 따놓은 당상일 것이다. 코리앤더는 1학년 때부터 쭉 사관학교에 들어가기 위해 기를 쓰고 노력했다. 게다가 그 모집관이 결의와 헌신을 언급하지 않았던가?

'잠깐.'

내가 말했다.

'마음이 바뀌었어. 코리앤더한테 걸래.'

"저는 기쁜 마음으로……,"

코리앤더가 두 눈을 꼭 감고 중얼거렸다.

"제발, 제발, 제발……."

친구들의 손을 어찌나 세게 쥐고 있었는지 손들이 다 창백해질 정도였다.

"국제우주사관학교에 입교할 학생을 호명합니다."

제독은 잠시 말을 멈추고 코리앤더를 똑바로 바라보았다.

'코리앤더일 거라고 내가 말했지?'

내가 킴킴에게 메시지를 쳤다.

'사실 잘된 일이야. 이제 더는 그 앨 참아낼 필요가 없을⋯⋯.'

"테오도라 바움가르텐."

제독이 말했다.

2

충격에 휩싸인 침묵이 흘렀고 그 정적 속에서 나는 생각했다.

내가 잘못 들었겠지. 그리고 생각했다. 아주 웃겨. 나는 이런 장난을 친 사람이 누군지 찾아내러 주위를 둘러보았다.

코리앤더가 소리를 질렀다.

"테오도라 바움가르텐이라고요?"

그제야 난 제독이 정말 내 이름을 불렀다는 걸 알았다.

"잠깐만요."

내가 입을 열자, 강당에선 열광적인 박수갈채가 터졌다.

플레처가 내 손을 움켜쥐고 위아래로 흔들어 댔다.

"우와!"

그리고 박수 소리 너머로도 들릴 만큼 큰 소리로 말했다.

"축하해!"

"하지만……."

나는 내 휴대전화를 보았다.

'와, 대박! 축하해!'

킴킴이 보낸 메시지였다.

'왜 지원했다고 말 안 했어?'

"그야 지원하지 않았으니까."

나는 그렇게 중얼거리며 킴킴에게 메시지를 보내기 위해 플레처한테 붙잡힌 손을 빼내려 애를 썼지만, 이번엔 첼시가 와서는 내 손을 잡아 꽉 쥐더니 나를 열 끝 쪽으로 떠밀었다.

"어서 가! 내려가야지! 뭘 꾸물거리고 있는 거니?"

나는 강단을 내려다보았다. 제독은 강단에 서서

나를 올려다보며 미소와 함께 손뼉을 치고 있었고, 후이자마 교장 선생님은 기쁨에 차 환히 웃으며 손짓으로 날 부르고 있었다.

"착오가 있었어요."

아무도 내 말에 귀 기울이지 않았다. 아이들은 등을 토닥이며 나를 껴안았고, 강단으로 내려가는 계단으로 떠밀었다.

"널 한 번만 만져봐도 될까?"

말라 챙은 경이에 찬 목소리로 물었고, 시오노프 선생님은 날 붙잡아 세우더니 입을 맞췄다.

"넌 언제나 내가 가장 좋아하는 학생이었단다!"

선생님은 흐느끼고 계셨다.

"아니에요, 시오노프 선생님. 그게 아니에요."

내가 말했다. 하지만 다음 순간 나는 강단 위에서 있었고, 후이자마 교장 선생님이 내 손을 붙잡고 위아래로 흔들고 있었다.

"교장 선생님, 무슨 착오가 있었던 모양인데……."

"넌 윈프리 고등학교 최고의 자랑이란다. 정말 얼마나 자랑스러운지 모르겠구나!"

교장 선생님은 활짝 웃으며 제독을 향해 나를 떠밀었다. 제독은 내게 거수경례를 한 다음 합격증을 건네주었다.

나는 제독이 이름을 잘못 읽었기를 바랐지만, 합격증엔 공식적인 활자체로 '테오도라 제인 바움가르텐'이라는 이름이 인쇄되어 있었다. 이건 있을 수 없는 일이야. 나는 생각했다.

"이건 제 게 아니에요."

나는 합격증을 제독에게 돌려주려 했다.

"거수경례를 하고 '사관생도 바움가르텐, 입교를 허락받았기에 보고합니다'라고 해야지."

후이자마 교장 선생님이 속삭였다.

"하지만 전……."

내가 말했다.

"제독님, 저는 사관학교에 지원하지 않았……."

하지만 그 순간 다들 내가 '사관생도 바움가르텐, 입교를 허락받았기에 보고합니다'라고 말한다고 생각했는지 다시금 박수를 치기 시작했다. 제독은 내 손을 잡고 악수를 한 뒤 봉투 하나를 내밀었다.

"착오가 있었어요. 이건 제 합격증일 리가⋯⋯."

하지만 후이자마 교장 선생님이 다시 내 손을 붙잡아 흔들었고, 학생들이 떼로 몰려와 제독을 바짝 둘러싼 채 질문 공세를 퍼부었다.

"교장 선생님, 드릴 말씀이 있어요."

내가 말했다.

"이건 완전히 잘못됐⋯⋯."

"당연히 잘못됐죠."

코리앤더가 화가 잔뜩 난 얼굴로 강단 위로 뛰어 올라왔다.

"테오도라가 합격이라니, 그건 불가능해요. 잰심층 천문학 수업도 안 들었다고요."

후이자마 교장 선생님은 코리앤더를 벌레 보듯 쳐다보았다. 이렇게 난감한 상황만 아니었다면 고소해했을 일이었다.

"사관학교는 다양한 능력을 지닌 학생들을 선발한단다."

교장 선생님이 말했다.

"하지만 제가 아니라 테오도라가 선발된다는 건

있을 수 없는 일이에요."

코리앤더가 말했다.

"저 앤 사관생도감이 아니라고요."

후이자마 교장 선생님은 코리앤더를 무시하고 내게 말을 건넸다.

"부모님께는 내가 메시지를 드렸다. 곧 도착하실 거야."

'도와줘!'

나는 킴킴에게 메시지를 보냈다. 킴킴은 아직 어디에도 보이지가 않았다. 나는 다시 후이자마 교장 선생님을 설득하려 애썼다.

"저를 지명하신 건 실수예요. 이름을 헷갈렸거나, 무슨 착오가 있었을 거예요."

"코리앤더가 네 화를 돋게 하지 말거라."

교장 선생님이 말했다.

"그 앤 훌륭한 지원자였지만 너 또한 그래. 사실 윈프리 고등학교 학생들은 전부 다 훌륭하지. 우린 이 나라에서 가장 뛰어난 학교 중 하나고……."

가망이 없었다. 나는 교장 선생님의 말은 귓등

으로 흘리며 제독을 찾아 두리번거렸지만, 그의 모습은 보이지 않았다.

"제독님은 어디 가셨죠?"

"다른 학교로 떠나셔야 했단다."

후이자마 교장 선생님이 말했다.

"오늘 오후에 합격증을 받을 학생이 몇 명 더 있거든."

"하지만 제독님께 드릴 말씀이 있어요."

그때 천만다행히도 킴킴이 나타났다.

"여태 어디 있었니?"

나는 킴킴을 강단 옆으로 끌고 가며 말했다.

"네가 날 도와줘야 해. 혼선이 있었다고 내가 말해봤자 아무도 안 들을 거야."

"혼선이라고?"

킴킴이 말했다.

"응, 당연히 이건 오해야. 내가 선발됐을 리 없어. 지원하지도 않았는걸."

"지원하지 않았다고?"

킴킴이 기쁨에 찬 목소리로 두 팔을 활짝 벌려

나를 껴안았다.

"정말 다행이다! 네가 절친인 나한테 말 한마디 없이 지원한 줄 알고 진짜 상처받았단……."

"내가 뭐 하러 지원하겠어? 우주엔 가고 싶지 않다고 수없이 말했잖아. 난 UCLA에 가고 싶다고."

킴킴은 겸연쩍은 기색이었다.

"알아. 그래도 사관학교에 합격하지 못할까 봐 걱정돼서 하는 말인가 했지. 그나저나 어떻게 이런 혼선이 있을 수 있지?"

"나도 몰라. 같은 이름을 가진 사람이 또 있나 보지."

"테오도라 바움가르텐이 두 명이라고? 그럴 가능성은 없어."

"글쎄. 테오도르 바움가르텐이 있을 수도 있고. 아니면 테오도라 바우만이란 애가 있거나. 서둘러. 제독이 학교를 떠나기 전에 볼 수 있을지도 몰라."

우리는 강단 뒤쪽을 향해 걸음을 옮겼다.

"잠깐만, 테오도라!"

우리가 두 발짝도 떼기 전에 후이자마 교장 선

생님이 나를 불러 세웠다.

"어머니께서 오셨다."

"내가 가서 제독을 따라잡아 볼게."

킴킴은 그렇게 말하고는 쏜살같이 달려갔고 교장 선생님과 엄마가 내게로 다가왔다.

"정말이지 네가 너무나 자랑스럽다!"

엄마가 말했다.

"널 이 학교에 보내기로 결정하길 정말 잘했어. 넌 오기 싫어했지. 기억나니? 하지만 봐, 이제 넌 사관생도야!"

엄마와 교장 선생님은 마주 보며 활짝 웃었다.

"아직도 믿기지가 않네요, 교장 선생님!"

"아빠는 어디 계세요?"

내가 물었다. 아빠는 내가 사관생도가 될 마음이 추호도 없다는 걸 잘 아신다. 그러니 이 모든 상황이 끔찍한 착오에서 비롯됐다는 걸 이해하실 게 분명하다.

"샤이엔에 계신단다."

엄마가 말했다.

"네 소식을 들으면 곧장 학교로 오시라고 메시지를 남겼어. 지원했다는 말을 엄마한테 왜 안 했니?"

"왜냐하면……."

후이자마 교장 선생님이 내 어깨를 가볍게 두드렸다.

"집으로 가서 출발할 준비를 해야 하지 않겠니?"

뭔가 잘못 알고 계시는데 전 아무 데도 안 가요. 나는 속으로 말했다.

"내가 지금 무슨 소리를 하는 거니?"

후이자마 교장 선생님이 민망한 듯 미소를 지으며 말을 이었다.

"몇 달 동안이나 떠나 있을 텐데 진즉 키트 다 챙기고 준비를 마쳤겠지."

"교장 선생님 말씀이 맞아."

엄마가 말했다.

"집으로 가야 해. 몇 시간 안 남았잖니."

"몇 시간이라뇨?"

"아빠한텐 엄마가 전화할게."

엄마가 나를 문 쪽으로 데려가는 바람에 나는

킴킴에게서 멀어졌다.

"아빠랑은 집에서 만나면 돼."

"엄마, 몇 시간밖에 안 남았다는 게 무슨 말이에요?"

내가 물었지만, 엄마는 아빠와 통화 중이었다.

"여보, 지금 어디야? 이런 맙소사. 그럼 차를 돌려 다시 집으로 가. 우리도 지금 가는 중이야."

킴킴이 고개를 저으며 나타나서 말했다.

"제독은 벌써 출발하고 없어."

"우리 엄마 말이 무슨 뜻이야? 몇 시간밖에 없다니?"

내가 킴킴에게 물었다.

"모집관이 와서 한 말 안 들었어? 사관생도로 선발되면 곧장 입교해야 해."

킴킴은 제독이 내게 준 편지를 낚아채 열어보았다.

"여기 적힌 바에 따르면 사관학교에서 널⋯⋯ 맙소사, 2시간 40분 뒤에 데려갈 거야."

"아빠랑 이야기 좀 해야겠어요."

나는 아직도 휴대전화를 붙들고 있는 엄마에게 말했다. 내가 우주로 나가고 싶어 하지 않는다는 걸 아빠는 안다. 모집관이 학교를 방문한 뒤로 그 문제에 관해 아빠랑 이야기했기 때문이다.

"전화기 주세요."

엄마는 고개를 가로저었다.

"지금 외할머니랑 통화하는 중이야. 아빠랑은 집에 가서 이야기하면 되잖니. 그러게요, 정말 대단하지 않아요?"

엄마는 할머니랑 나에게 번갈아가며 말했다.

"차에 타. 네, 당연하죠. 테오도라도 외할머니가 와서 작별 인사를 해주길 원할 거예요. 서둘러, 이제 출발해야 해. 잘 가라, 킴킴."

"킴킴은 나랑 같이 가요."

내가 킴킴의 팔을 잡아 차 안으로 밀어 넣으며 말했다.

"짐 싸는 걸 도와줄 거거든요."

엄마는 여전히 할머니와 통화를 하느라 아무 생각 없이 고개를 끄덕였다. 그리고 시동을 켜고

학교를 벗어났다.

"저 대신 시부모님께 전화해주실래요? 테오도라의 피아노 선생님께도요. 선생님도 분명 테오도라가 떠나기 전에 보고 싶으실 거예요."

'넌 제독의 전화번호를 알아내.'

나는 엄마가 우리의 대화 내용을 듣지 못하게 킴킴에게 메시지를 보냈다.

'그럼 내가 전화해서 설명을……'

'시도는 해볼게.'

킴킴이 답장을 보냈다.

'사관학교의 연락처들은 모두 기밀이거든.'

"젠 고모랑 루시 고모한테도 연락해야 할까?"

엄마가 내게 물었다.

"아니요!"

내가 이렇게 대답하자 고맙게도 킴킴이 끼어들어주었다.

"테오도라한텐 시간이 별로 없어요. 짐을 싸야하잖아요, 아줌마."

"킴킴 말이 맞네. 짐을 미리미리 싸뒀어야지. 코

리앤더 에이브럼스처럼. 코리앤더 엄마 말이 그 앤 지원서를 작성한 날 짐을 다 쌌다더라. 어머, 저기 좀 봐.”

엄마가 집 앞 진입로로 들어서며 말했다.

엄마네 할머니와 할아버지 그리고 아빠네 할아 버지와 할머니와 함께, 백 명은 됨직한 이웃들이 커 다란 레이저 배너를 든 채 모여 있었는데, 배너에는 ‘경축! 사관생도, 바움가르텐’이라는 글자들이 번쩍 거렸다.

마이크를 든 온라인뉴스 진까지 진을 치고 있는 바람에 집 안으로 들어가는 데 1시간이나 걸렸고 내 방으로 도망치기까지는 15분이 더 걸렸다. 방 안 에서는 킴킴이 내 컴퓨터를 붙잡고 씨름 중이었다.

“여기 있어.”

킴킴이 내게 프린트된 종이 한 장을 건네주었다.

“이게 뭐야?”

내가 간절한 목소리로 물었다.

“제독의 전화번호야?”

“아니. 입교 시 소지할 수 있는 물건 목록이야.

7그램 이상 되는 물건은 반입 금지. 반려동물, 식물, 무기 싹 다 금지."

"지금쯤 내가 자기들을 쏴 죽이고 싶을 거라는 걸 알아서겠지. 목록은 필요 없어."

난 종이를 쓰레기통에 던져 넣고 킴킴 옆으로 가서 섰다.

"내게 필요한 건 제독의 전화번호야."

"접근이 불가능해."

킴킴이 말했다.

"사관학교 직원 명단을 해킹하려고 30분이나 끙끙대고 있어. 방화벽에, 해자에, 램파트에 온갖 방어 시스템이 막고 있어. 놀랄 것도 없지. 지원자가 5만 명이나 되는데, 전화로 입교를 애걸하려고 직원 연락처를 알아내려 애쓰는 학생들이 차고 넘치겠지. 다시 말해 나도 뚫을 수 없다는 이야기야."

"당연히 넌 할 수 있어."

내가 말했다.

"네가 해킹 못 할 데이터베이스는 세상에 존재하지 않아. 공항에 전화해보는 건 어떨까? 후이자마 교장 선생님 말씀이 제독한테서 합격증을 받을 학생들이 더 있다고 했거든."

"벌써 했지. IASA가 기내 긴급전화를 허가해주지 않았어. 게다가 탑승자들의 연락처도 제독의 전화번호처럼 기밀이야."

엄마가 방문을 열고 빼꼼히 얼굴을 내밀었다.

"테오도라? 나와서 케이크 자르렴."

"아직 짐 싸는 중이에요."

나는 벽장 선반에 있는 더플백을 꺼내 속옷들을 집어넣었다.

"잠깐이면 돼."

엄마가 단호하게 말했다.

"주지사님께서 오셨어."

아, 젠장.

"아빠한테서는 무슨 연락 없었어요?"

"없었어. 하지만 금방 도착하실 거야. 서둘러. 다들 기다리고 계셔."

"금방 갈게요."

난 그렇게 대답한 뒤 아빠에게 전화를 해봤지

만 아빠 전화를 받지 않았다.

"잠깐만 있다 올게."

내가 킴킴에게 말했다.

"통화 가능한 긴급전화번호 같은 게 분명히 있을 거야. 계속 시도해봐!"

그리고 방을 나와 식당으로 갔다.

식당에는 온 동네 사람들이 납작하고 네모난 케이크 주위에 모여 있었고, 케이크는 우주선 그림과 함께 은빛 별들로 쓴 '발사!'라는 단어로 장식되어 있었다. 나는 엄마가 건네준 커다란 케이크 조각을 한입에 꾸역꾸역 집어삼키며, 나의 행운을 축하해주는 수십 명의 낯선 이들에게 고개를 주억였고, 킴킴에게 케이크를 가져다주겠다는 핑계를 대고서야 마침내 벗어날 수 있었다. 해킹에 열중인 킴킴은 손을 내저어 케이크를 마다했고 결국 내가 킴킴의 몫까지 다 먹어 치워야 했다.

"소용없어."

킴킴이 말했다.

"뚫고 들어갈 수 있는 곳이 없어. IASA도, 사관

학교의 생도 명단도, 다 막혀 있어."

"하지만 생도들이 질문이 있을 때 연락할 전화 번호 하나쯤은 있지 않을까?"

"있긴 하지."

킴킴이 스크린에 시선을 고정한 채 말했다.

"자동 응답 서비스야. '반입 금지 물건 목록은 1번을 누르세요. 사관학교 수업 스케줄은 2번을 누르세요.' 메뉴가 열여섯 개나 되는데 '교환원과 이야기하고 싶으시면'이라든가 '착오가 있는 것 같 으시면' 같은 말이 들어간 메뉴는 없어. 혹시 그 사관생도 모집관 이름이 뭐였는지 기억나니?"

"아니. 합격생 이름도 확인했어?"

"응. 테오도르 바움가르텐이란 학생은 없어. 테 드나 도라라는 이름을 가진 사람도, 바우만이나 바우어나 봄그렌이란 성을 가진 사람도 없고. 그나마 가장 비슷한 이름은 테오폴루스 바미인데 뉴델리 에 사는 남자야. 나이도 네 살이나 많고."

"음, 알았어. 사관학교 교칙들을 뒤져봐. 공문서 니까 암호화되어 있진 않을 거야. 합격 거절에 관한 규정이 있을지도 몰라.”

엄마가 다시 방 안으로 고개를 내밀었다.

“방금 막 아빠가 오셨단다.”

아빠가 왔다. 이젠 됐다. 나는 콜로라도 주민 전체가 들어차 있는 듯한 식당으로 돌아가, 케이크를 먹고 있는 사람들을 헤치고 밖으로 나갔다.

“아빠, 할 이야기가 있어요. 난 사관학교에 지원하지 않았…….”

“지원하지 않았다고?”

“안 했어요. 난…….”

“잘했어! 아빠가 늘 말했던 대로 했구나. ‘너의 길을 걸어라, 독립적인 인간으로 살아라, 다른 사람들이 한다고 해서 따라 하지 말아라.’ 이제 그 결과를 보렴! 사관학교 합격이야!”

“아니요, 아빠. 아빤 몰라요. 사관학교 입교는 내가 원하는 게 아니에요. 난 입교하고 싶지 않다고요!”

“학교에 처음 등교하던 날에도 똑같은 말을 했지. 기억나니? 그때 아빠가 뭐라고 했는지 기억해?”

"그 악취탄 이야기요?"

아빠는 큰 소리로 웃었다.

"아니. 일단 일주일 다녀본 뒤에 어떤 기분인지 그때 다시 이야기해보자고 했었지. 넌 그저 겁이 나는 거야."

케이크 두 조각을 들고 나타난 엄마에게 아빠가 물었다.

"언제 출발해?"

엄마가 우리에게 케이크를 건네주며 대답했다.

"20분 뒤에."

"20분 뒤라고요!"

내가 디지털시계를 보며 말했다. 시계는 아직 1시간도 넘게 남았다고 알려주고 있었다.

"IASA에서 전화가 왔어. 생도들이 입교할 순간만을 고대한다는 걸 잘 알기 때문에 경호원을 조금 일찍 보낸다는구나."

"짐을 싸야 해요."

나는 그렇게 말하고 쏜살같이 방으로 돌아갔다.

"뭐라도 해봐. 지금 당장."

내가 킴킴에게 말했다.

"나도 노력 중이야."

킴킴이 말했다.

"사관학교 입학 규정들을 뒤져봤는데, 합격을 거부하는 법에 관한 내용은 없었어. 통화 가능한 사람도 아직 못 찾았고. 이 문제를 해결하기 위해선 아무래도 일단 입교해야 할 것 같아. 누구라도 직접 만나서 대화를 하려면 그게 유일한 방법이야."

"사관학교엔 절대 안 가."

나는 킴킴이 꺼내놓은 더플백에 옷가지와 신발들을 던져 넣으며 말했다.

"경호원이 떠날 때까지 숨어 있을 거야. 너희 집 지하실이 어떨까?"

"그래봤자 소용없을 거야."

킴킴이 곁으로 와서는 내가 집어넣은 옷들을 꺼내며 말했다.

"사관학교에선 네가 납치됐거나 무슨 일이 생겼다고 생각할 거야. 바르셀로나에서 벌어졌던 그 생도 감금 사건 기억나니? 그 자리를 대신 차지하고 싶었던 여자친구가 자기 남자친구를 꽁꽁 묶어 뒀던 일 말이야. 저들은 코리앤더가 널 죽였다고 생각하고 전국에 지명 수배령을 내릴걸. 테오도라……."

킴킴이 입교 시 소지 가능한 물건들이 적힌 목록을 집어 들어 내게 건네주며 말했다.

"사관학교로 가서 입학 담당자랑 이야기해. 내가 이쪽에서 작업을 계속하다 뭐든 알아내는 대로 메시지 할게. 너희 부모님께 변호사 있니?"

엄마가 문을 두드렸다.

"테오도라, 널 경호해주실 분이 도착했어."

"2분만 주세요."

나는 큰 소리로 대답한 뒤 미친 듯이 흰색 튜브 양말 세 켤레를 찾았다.

"치약이랑 칫솔은 여기 있어."

킴킴이 말했다.

"그리고 여기, 네 휴대전화."

"서둘러라, 바움가르텐 생도."

아빠가 문을 열고 말했다.

"사관학교가 널 기다리게 하면 안 되잖니."

"아빠, 우리 집 변호사 이름이 뭐예요?"

"아, 입학 서류 같은 것들 때문이니? 그런 건 엄마 아빠가 다 처리할 테니 넌 그냥 가서 신나게 즐기면 돼."

아빠는 반밖에 안 채워진 더플백을 휙 들어 올린 다음, 내 등을 두드리고 손을 잡고 흔드는 사람들을 뚫고 나를 기다리고 있는 호버까지 데려다주었다.

"내가 고등학생 때 한 짓을 네가 안 해서 다행이야."

아빠가 나를 호버 안으로 들여보내며 말했다.

"네가 악취탄을 설치했었다면 사관학교에서 절대 받아주지 않았을 거다."

진즉 알았다면 좋았을 텐데. 나는 생각했다. 조종사가 내 쪽으로 몸을 숙여 문을 닫은 뒤 호버를 이륙시켰다. 나는 휴대전화를 꺼내 킴킴에게 메시지를 보냈다.

'도와줘.'

3

나는 조종사에게 상황을 설명해보려고 애써봤자 소용없다는 걸 깨달았다. 그가 '학생, 정말 운 좋은 거야! 사관학교에 들어갈 수만 있다면 난 영혼이라도 팔 거거든!'이라고 말했기 때문이다. 도착하는 대로 담당자를 붙들고 설명을 다시 하는 수밖에 없었다. 킴킴의 당부에도 불구하고, 조종사가 교문 바깥쪽에만 내려준다면 필사적으로 도망칠까도 진지하게 고려했지만, 그는 날카로운 철조망이 쳐진 높은 담 안쪽에 착륙한 뒤 중무장한 보초병 두 명을 지나 IASA 제복을 입은 남자에게 나를 인계했다.

"입학 담당자와 이야기하고 싶습니다."

나는 그 남자에게 말했다.

"이름은?"

"테오도라 바움가르텐입니다."

나는 대답을 하면서도 그가 가지고 있는 명단에 내 이름이 없을 거라는 희망을 버리지 않았지만, 그는 곧바로 이름을 찾아내 ID 배지를 건네준 뒤 가방의 무게를 재었다.

"중량 제한에서 1킬로그램 초과했군."

남자가 가방을 열어 휴대전화를 꺼냈다.

"휴대전화는 버려도 된다. 어차피 사관학교 내에서는 통신이 불가능하니까."

아, 젠장. 그 생각은 미처 못 했다. 킴킴한테 메시지를 보내 말해줘야…….

"휴대전화는 제가 애착하는 물건이에요."

내가 말했다.

"대신 고데기를 가져가시면 안 될까요?"

그때 등 뒤에서 문이 열리고 여자아이 두 명이

들어왔다.

"어머나, 여길 봐! 우리가 여기 있다는 게 믿기지 않아!"

둘 중 한 명은 코리앤더처럼 가슴팍을 꼭 부여잡으며 말했고 다른 한 명은 '어머나, 어머나, 어머나!' 하고 같은 말만 되풀이해 저러다 과호흡으로 쓰러지진 않을까 하는 생각이 들 정도였다.

"그래도 여전히 중량 초과야."

IASA 남자가 말했다.

"정말 휴대전화는 못 내놓겠다는 건가?"

"휴대전화는 포기 못 합니다."

내가 아이팟과 DVD 몇 장을 꺼내며 말했다.

남자는 어깨를 으쓱했다.

"그럼 마음대로 해."

그는 가방을 돌려준 뒤 가쁘게 숨을 몰아쉬고 있는 여자애 쪽으로 몸을 돌렸다.

"이름은?"

"잠깐만요."

내가 그 여자아이 앞으로 가서 남자에게 말했다.

"입학 담당자와 이야기하고 싶다고 말씀드렸는데요."

"자네 구역 담당자랑 이야기해봐야 할 거야."

그가 목록을 보며 말했다.

"H-레벨. 오른쪽 두 번째 엘리베이터."

나는 엘리베이터를 타고 H-레벨로 내려가는 동안 킴킴에게 메시지를 보내 휴대전화에 관한 이야기를 해주었다.

'지금 작업 중이야.'

킴킴이 즉시 답장한 걸로 보아 적어도 이 구역에서만큼은 휴대전화가 작동하는 게 분명했다. 그들은 학생 구역들의 통신을 막아두었을 게 뻔하고, 그것은 즉 킴킴이 이 문제를 해결할 때까진 통화 가능한 구역으로 몰래 빠져나가야만 한다는 의미였다.

내가 이곳에 그만큼 오래 있게 된다면 말이다. 그럴 가능성이 컸다. H-레벨에서 나를 기다리던 4학년 생도에게 입학 담당자를 만나고 싶다고 하자 그는 멍하니 나를 쳐다보기만 했다.

"아니, 됐어요."

내가 말했다.

"사관학교에서 가장 높은 분한테 데려다줘요."

"사령관님을 만나겠다고?"

"네."

내가 단호히 말했다.

"그럼 이쪽으로."

그는 나를 데리고 시멘트로 된 긴 통로를 따라 내려간 뒤, 그보다 훨씬 긴 진입로를 올라간 다음, 엘리베이터에 탔다. 그는 숫자 '3'을 눌렀고 우리는 한참을 위로 올라갔다. 엘리베이터의 문이 열리자, 아코디언 주름처럼 생긴 터널이 나왔는데, 마치 비행기의 이동식 탑승교와 같았고, 터널과 이어진 좁고 구부러진 통로에는 문들이 나란히 있었다.

그는 그중 하나에서 걸음을 멈추고 문을 연 다음 내가 들어갈 수 있게 옆으로 비켜섰다.

"여기가 사령관실이에요?"

내가 물었다.

"아니. 여기서 기다려."

그는 그렇게 말하고는 자리를 떠났고, 내가 막 따라가려는 순간 과호흡에 빠질 것처럼 흥분상태였던 그 여자애가 갑자기 나타나 나를 덮쳤다.

"정말 신나지 않니?"

그 애가 꺅 소리를 지르며 말했다.

"어서 와!"

그러곤 내 팔을 붙잡고 방 안으로 끌고 들어갔다. 확실히 사령관실은 아니었다. 방은 벽이 곡면을 이루고 크기는 벽장만 한 데다 이층 침대가 하나 있었다.

"우리가 같은 선실을 쓴다니 말이야!"

선실이라고?

그 애가 아래쪽 침대에 털썩 앉았다.

"어서 안전띠를 매! 우린 5분 뒤에 발사될 거야! 정말 운이 좋지 않니?"

그 애는 서둘러 안전띠를 매며 말했다.

"다른 반 애들은 우주로 올라가기 전에 첫 학기를 지구에서 보내야 하는데 말이야."

엘리베이터, 탑승교, 구부러진 통로…….

"우리가 지금 우주선에 있다는 거야?"

나는 2분 안에 탑승교로 내려간 뒤 엘리베이터까지 갈 수 있을지 머릿속으로 계산했다.

"맞아, 믿기지 않는 건 나도 마찬가지야!"

알람이 울렸다.

"생도 전원은 가속 소파로."

나는 남은 침대로 뛰어들었다.

"가슴 안전띠부터 매야 해."

여자애가 말했다.

"생각해봐. 몇 시간 뒤면 우린 '라'에 있을 거라고!"

"라라니?"

내가 안전띠를 매느라 끙끙대며 물었다. 사관학교를 너무나도 사랑하게 된 나머지 고대 이집트 태양신의 이름을 따서 '라(Ra)'라고 부르는 건가?

"생도들이 사관학교 우주정거장을 부르는 이름이야. 로버트 A. 하인라인(Robert A. Heinlein)의 이름을 따서 말이야. RAH, 알겠지? 이제 우린 사관생도야! 이게 사실이라는 게 믿어지니?"

"아니."

"나도 그래!"

그 애가 말했다.

"그런데 너 구토용 봉지를 써야 하지 않을까?"

★

나는 RAH로 가는 내내 토했다.

"맙소사, 4g에서도 토할 수 있다니."

여자애가 말했다.

"자유낙하 상태로 들어가면 기분이 좀 나을 거야."

전혀 그렇지 않았다. 나는 내 구토 봉지와 그 애의 구토 봉지를 다 쓰고 나서는, 침대와 벽과 그 여자애한테 토했고, 무중력 상태가 되자 눈앞의 공기 중에도 토해 구역질 나게 생긴 황갈색 작은 방울들이 항해 내내 선실 여기저기를 떠다녔다.

"도대체 뭘 먹은 거야?"

여자애가 물었다.

"케이크."

나는 비참한 목소리로 대답한 뒤 또 토했다.

"곧 괜찮아질 거야."

그 애가 자기를 향해 떠오는 커다란 토사물 방울을 피해 고개를 숙이며 말했다.

"설마 배 속에 남은 게 더 있으려고."

그 또한 사실이 아니었다.

"일단 RAH에 도착하면 괜찮을 거야."

그 애가 말했다.

"라, 라, 라."

나는 힘없이 말했고, 안전띠를 풀어주러 우리한테 온 생도와 연결 갑판과 에어록에도 죄다 토해 그 애 말이 틀렸음을 보여주었다.

적어도 이걸 보면 착오가 있었다는 걸 확실히 알겠지. 나는 그 생도가 나를 부축하다시피 끌고 숙소로 데려갈 때 그렇게 생각했지만, 그는 쾌활한 목소리로 "가벼운 우주 멀미?"라고 물은 뒤 나를 침대에 눕혔다.

"모든 생도가 겪는 일이야."

"난 생도가 아니에요."

나는 그대로 침대에 누워 죽고 싶은 기분이었

지만 간신히 말했다.

"사령관님을 만나게 해줘요."

"어떤 느낌인지 알아."

그가 말했다.

"나도 여기 온 첫날부터 집에 가고 싶었지. 샤워하고 한숨 자고 나면 기분이 훨씬 나을 거야."

"아니, 그럴 리 없어요. 사령관님을 만나야겠어요, 지금 당장."

나는 진지하다는 걸 보여주기 위해 벌떡 일어났지만, 엄청난 어지럼증과 함께 금방이라도 쓰러질 것만 같았다. 마치 뒤집히기 직전인 카누에 탄 느낌이었다.

"코리올리 효과야."

그가 내 팔을 잡아 침대에 다시 앉히며 말했다.

"이삼일 지나면 익숙해질 거야."

"그 전에 죽을걸요."

내가 중얼거리자, 그가 다시 큰 소리로 웃었다.

"난 다른 생도들이 적응하는 걸 도와주러 가야해. 그런 뒤 돌아와 네 상태를 확인할게."

그는 나에게 마일라 담요를 덮어주며 말했다.

"그 전에 내 도움이 필요하면 언제든 '전송' 버튼만 눌러."

그리고 내게 통신기를 건네주었다.

"그리고 걱정하지 마. 우주 멀미 좀 겪었다고 사관학교에서 쫓겨나진 않아."

"하지만 난 쫓겨나고 싶……."

내가 말을 했을 때 그는 이미 떠나고 없었고, 침대에서 일어나 그를 쫓아갈 생각을 하니, 아니 통신기 버튼을 누를 생각만 해도 벌써 다시 방이 빙빙 도는 느낌이었다.

저 남자가 돌아올 때까지 아주 조용히 여기에 누워만 있어야지라고 생각했지만, 기어이 사령관을 만나겠다는 마음을 버릴 수가 없었다. 하지만 그가 돌아왔을 때 난 잠들어 있었던 게 분명했고, 눈을 떠보니 그 여자애가 자기 침대에서 키트를 풀고 있었다.

"아, 일어났구나."

그 애가 말했다.

"우린 침대를 나눠 쓰는 사이야! 멋지지 않니? 내 이름은 리비, 아, 그러니까 손버그 생도야. 이제 좀 괜찮니?"

"아니."

실은 살짝 나아졌지만 그렇게 대답했다. 적어도 앉을 수는 있었다. 하지만 일어서려고만 하면 방이 갑자기 기우뚱해져 벽을 붙잡아야 했고, 내가 붙잡은 벽과 다른 벽들과 리비가 불길하게 내 쪽으로 기우는 듯했다. 나는 뒤로 물러서다 넘어질 뻔했다.

"우주정거장이 회전해서 생기는 코리올리 효과 때문이야. 모든 게 네 쪽으로 기울어 있는 것처럼 느끼게 만들지. 멋지지 않니?"

"음."

내가 말했다.

"익숙해지는 데 얼마나 걸릴까?"

그리 오래 걸릴 것 같진 않았다. 리비는 아무 문제 없이 돌아다니고 있었기 때문이다. 아니면 저 애는 IASA의 4단계 심사 과정에서 이미 테스트받았기 때문일 수도 있었다.

"글쎄. 난 남들보다 유리한 입장에서 시작하고 싶었어."

리비가 침대 위 로커에 옷가지들을 넣으며 말했다.

"그래서 오기 전에 인공 중력 시뮬레이터에서 연습했지. 익숙해지기까진 3주 정도 걸릴걸?"

난 절대로 3주씩이나 버틸 수 없을 거다. 그러니 지금 바로 사령관을 만나러 가야 한다. 나는 통신기 버튼을 누른 뒤 그 4학년 생도가 오길 기다리는 동안, 침대에서 일어나 문으로 걸어가려 애썼고, 그러는 내내 뭐라도 붙잡고 싶은 충동과 싸워야 했다.

그는 내가 두 발로 서 있는 모습에 놀라는 눈치였다. 나는 사령관을 뵙고 싶다고 말했다.

"안정감을 느낄 때까지 기다리는 게 어때?"

토사물로 얼룩진 내 옷을 보며 그가 말했다.

"좀 씻기도 하고."

"아닙니다."

"좋아, 그럼."

그가 의구심에 찬 말투로 말했다.

"사령관님은 왜 뵙고 싶어 하는데?"

만약 내가 이유를 말한다면, 그는 멍하니 날 응시하거나 우주 멀미를 겪은 이라면 다 같은 심정이라고 말할 게 뻔했다.

"제 지원서에 문제가 있습니다."

내가 말했다.

"아, 그렇다면 학적과로 가야지."

"아니요, 전……."

이내 난 학적과 직원이야말로 내가 만나야 할 사람이라는 걸 깨달았다. 그 사람이라면 지원서 파일들을 가지고 있을 테고, 내 지원서가 존재하지 않는다는 사실을 발견하면 그 즉시 문제를 해결할 수 있을 거다.

"좋아요. 학적과 사무실로 데려다주세요."

"사무실까지 갈 필요는 없어."

그가 말했다.

"여기서 메시지를 보내면 되니까."

그는 내 침대 위쪽에 있는 터미널을 켰다.

"아니요."

내가 말했다.

"가서 직접 뵙고 싶습니다."

"그렇다면 여기서 기다려. 사무실에 계시는지 보고 올게."

"아니요."

내가 애써 벽에서 손을 떼곤 말했다.

"저도 함께 가겠어요."

학적과 사무실까지 가는 길은 내 평생 가장 먼 길이었다. 그 4학년 생도를 포함해 온갖 것들이 나를 향해 달려들거나 아니면 내가 둥둥 떠내려갈 것만 같은 느낌을 버릴 수가 없어, 수시로 손잡이를 붙잡거나 나도 모르게 그에게 매달렸다.

"중력이 지구의 3분의 2밖에 되지 않아서야."

그가 말했다.

"익숙해질 거야. 무중력이 아닌 게 다행인 줄 알아. 회전이 클수록 코리올리 효과의 크기도 크지. 하지만 이 이하에선 골손실이 발생하거든. 3분의 2가 딱 적당한 거지."

"그거야 당신 생각이지."

내가 중얼거렸다. 그를 따라 수 킬로미터는 됨

직한 튜브 형태의 통로와 에어록과 사다리들을 지나 마침내 내 선실 크기밖에 되지 않은 사무실에 도착할 때까지도 코리올리 효과에 적응되지 않았다. 사무실 안 콘솔에 아빠와 비슷한 남자 한 명이 앉아 있었다.

"무엇을 도와줄까, 바움가르텐 생도?"

남자가 친절한 목소리로 물었다.

나는 내 이야기를 쏟아내며, 행여 그가 '네가 지금 무슨 말을 하는지 당최 이해할 수가 없구나.' 하는 표정은 짓지 않기만을 바랐다.

그는 그런 표정은 짓지 않았다.

"아, 이런, 안됐군. 어떻게 그런 일이 생겼는지 모르겠네."

나는 안도감이 밀려왔다.

"즉시 이 문제에 관해 조사하겠네."

그가 사무실 안쪽에 있는 방을 향해 큰 소리로 말했다.

"애플리 생도, 바움가르텐 생도의 파일을 가져와."

그리고 다시 나를 보며 말했다.

"걱정할 필요 없네. 우리가 문제를 시정할 테니."

젊은 여자가 큰 소리로 그에게 대답했다.

"신입 생도들의 파일은 아직 도착하지 않았습니다."

"최대한 빨리 보내달라고 해."

"네, 알겠습니다."

여자가 말했다.

"걱정하지 말게, 바움가르텐 생도."

남자가 말했다.

"우리가 해결할 거야. 전면적인 조사를 실시하겠네."

그가 자리에서 일어나 손을 뻗었다.

"어떻게 된 일인지 알아내는 대로 곧장 알려주겠네."

나는 그의 손을 무시했다.

"시일이 얼마나 걸릴까요?"

"일이 주 내로 알아낼 수 있을 거야."

"일이 주라고요?"

내가 말했다.

"하지만 사관학교에서 실수를 했잖아요. 전 여기 있으면 안 된다고요."

"정말 실수가 있었다면 당연히 즉시 귀가 조처할 거야."

그는 문 쪽을 가리키며 말했다.

"그나저나 인공중력에 빠르게 적응한 걸 축하하네. 아주 인상적이야."

그에게 토할 수만 있었다면 토했을 테지만 배속에 남아 있는 케이크가 없었다. 대신 나는 3분의 2g에서 내가 할 수 있는 최선을 다해 그의 앞에 꼿꼿이 선 채 말했다.

"전화 통화를 하고 싶습니다."

"학기가 시작되고 첫 두 주 동안에는 통화가 금지되어 있네. 그 후로는 한 달에 한 번 2분간 지구로 통화할 수 있어."

그가 말했다.

"저도 제 권리는 알아요."

나는 뒤로 휘청거리지 않으려 애쓰며 말했다.

"죄수들한테도 전화 통화할 권리는 있잖아요."

그가 재밌다는 표정을 지었다.

"RAH는 감옥이 아니야."

내기하실래요? 나는 속으로 생각했다.

"이건 제가 가진 법적 권리입니다."

내가 단호히 말했다.

"사적 통화를 원합니다."

그가 한숨을 내쉬었다.

"애플리 생도."

그가 다시 안쪽 사무실을 향해 말했다.

"바움가르텐 생도가 사용할 수 있게 Y49TDRS 링크를 연결해."

그리고 내게 위성 전화기를 건네주었다.

"2분이야. 6초 지연이 있을 거다. 다음 달 치 통화를 당겨쓰는 걸로 하지."

그러고는 안쪽 사무실로 들어가 문을 닫았다.

아마도 엿듣고 있겠지만 신경 쓰지 않았다. 나는 킴킴에게 전화했다.

"정말 미안해."

킴킴이 말했다.

"생도들을 곧장 하인라인으로 데려갈 줄은 몰랐어. 괜찮니?"

"아니."

내가 말했다.

"우리 엄마 아빠 변호사 이름은 알아냈어?"

몇 초가 흘렀고 킴킴이 말했다.

"응, 변호사랑 이야기했어."

"변호사는 뭐라고 하는데?"

더 긴 시간이 흘렀다.

"사관학교 합격은 법적 구속력이 있는 계약이래."

아, 젠장.

"그래서 인터넷에서 사관학교법을 전문으로 하는 변호사를 찾아냈지."

"그런데?"

이런, 젠장. 지연 때문에 돌아버릴 지경이었다.

"그 변호사 말이 자기는 사관학교에서 쫓겨난 뒤 복학하려는 생도들의 사건만 다룬대. 생도가 학교를 떠나고 싶어 했던 사건 기록은 찾을 수 없었다는 거야.”

“자기가 사건을 맡았던 생도들이 왜 쫓겨났었는지 말해줬어?”

나는 쫓겨난 생도들이 무슨 짓을 했든 나도 할 수 있을 거라는 생각에 물었다.

“대부분 과락 때문이었어.”

킴킴이 말했다.

“그렇다고 UCLA에 입학할 기회까지 날려버릴 짓은 하지 마. 그 생도들이 그래서 소송을 제기했던 거야. 성적 불량으로 사관학교에서 퇴학당하면 다른 대학에 입학할 기회도 사라지니까.”

갈수록 태산이었다.

“내 말 잘 들어. 우리가 통화할 방법을 네가 찾아내야 해.”

나는 킴킴에게 한 달에 한 번만 통화가 허용되는 학교 규정을 알려주었다.

“내가 할 수 있는 게 있는지 찾아볼게. 휴대전화를 뺏긴 건 아니지?”

“아니.”

내가 말했다.

"지금은 통화가 어떻게 가능한지 그 사람들한테 뭐 들은 거 있어?"

"Y49TDRS라고 부르던데 그게 뭔지는 모르겠어."

"트랙킹과 데이터와 중계 위성을 통한 중계 통신을 부르는 말이야."

킴킴이 말했다.

"Y49에 연결하는 건 그렇게 어렵지는 않겠지만 그래도……."

버저가 울렸다.

"통화 시간 종료."

자동 음성이 말했다.

4

그 후로 하루하고도 반나절 동안 메시지가 왔는지 휴대전화를 거듭 확인하며, 킴킴이 '뭘 알아내려면 몇 달이 걸릴지도 몰라', 혹은 더 나쁘게는 '네 휴대전화 회선을 대대적으로 수정해야 할지도 몰라'라고 말하지 않기만을 바랐고, 혹시라도 학적과에서 도청하고 있어 이게 다 소용없는 일이 될까 봐 걱정했다. 킴킴이 무슨 시도를 하든, 그들이 통신을 막아버릴 테니 말이다.

그리고 개강이 되었다. 나는 잠자는 시간을 뺀 모든 시간을, 우주항행 및 외계 식물학 수업을 이미 수강했을 뿐만 아니라 셔틀을 도킹하고 성도를 읽고 무중력에서 이 닦는 법까지 배우고 온 다른 생도들을 따라잡는 데 바쳤다. 1학년 생도들은 RAH의 회전하지 않는 구역에서 당직 시간의 절반을 보내며 미세중력에서 생활하고 작업하는 법을 익혔다. 대부분은(물론 리비를 포함해) 지구에 있을 때 무중력 상태에서 수업을 받았고, 나머지 생도들도 모듈 한쪽 끝에서 다른 쪽 끝까지 무언가에 부딪히지 않고 떠갈 수 있는 능력을 인정받아 선발된 게 분명해 보였다. 나에게는 없는 유전자였다. 개강하고 이틀째 되는 날, 나는 재채기를 해 뒤로 세 바퀴 공중제비를 한 뒤 일렬로 늘어서 있는 장비들에 부딪혔고, 이 무모한 장난을 계기로 나는 심한 감기를 핑계로 대면 의사의 진료를 요청할 수 있을 거란 생각을 하게 되었다. 의학적인 이유로 제대한다면 UCLA에 입학할 기회가 날아갈 리는 절대 없었다. 하지만 내가 의무실로 가자, 의무관은 '머리가 답답한 건 무중력 상태에서 누구나 겪을 수 있는 정상적인 부작용이다'라는 말과 함께

코감기 약만 처방해주었다.

"만성적인 어지럼증은요?"

내가 물었다. 사실 어지럼증은 하루에 한두 번밖에 찾아오지 않았지만 '우주 환경에 적응 불가'라는 진단만이 이 상황을 빠져나갈 유일한 방법일 수 있다는 생각이 들었다.

"만일 지금부터 한 달 뒤에도 증상이 사라지지 않고 남아 있으면 찾아오게."

의무관은 그렇게 말하고 나를 EVA 훈련으로 돌려보냈다. 운이 좋게도 우주유영 중에는 재채기를 하지 않았고 우주로 튕겨 나가는 일도 없었다. 하지만 정거장 바깥에서 RAH와는 가는 끈만으로 겨우 연결돼 있고 보니 우주는 정말 위험한 곳이라는 생각만 확고해질 뿐이었다.

하지만 우주에 도사린 그 위험들이야말로 생도들이 두 번째로 좋아하는 대화 주제였다. 식당에서 또는 쉬는 시간에, 무중력 환경에서 화재를 감지하는 어려움에 관해 이야기하지 않을 때는(사실 불길 같은 건 없고 그저 잘 보이지도 않는 붉은 빛만 있을 뿐이다), 산소 공급 라인이 막히고 이산화탄소량이 증가하고 발열체가 고장 나 얼어 죽은 생도들에 대한 섬뜩한 이야기들을 자세히 늘어놓았다. 갑작스러운 거대 태양 플레어부터 킬러 유성과 폭발적 감압까지, 발생할 수 있는 온갖 상황에 대해 상상의 나래를 펼치기도 했다. 그런 이야기들을 들을 때마다 당장 여기에서 빠져나가야 한다는 생각이 굳어졌다. 나는 공부 시간에 학적과 직원에게 메시지를 보냈지만, 아직도 파일을 기다리고 있다는 답장만 받았다.

킴킴에게서도 아무 소식이 없었다. 나는 기회가 있을 때마다 휴대전화를 확인하고 주기적으로 구조 메시지를 보냈지만, 그때마다 '통신 가능 범위 이탈'이라는 문구가 화면에 떴다. 부드럽게 표현한 거라 봐야 했다.

다시 학적과에 메시지를 보냈다. 그들은 여전히 기다리는 중이었다.

아직도 기다린다고? 나는 생각했다. 적어도 그에겐 자기만의 사무실이 있다. '어머나 세상에, 정말 너무 근사해'를 반복하는 여자애와 방을 함께 쓸 필요도 없다. 리비는 사관학교에 관한 모든 걸 너무나도 사랑했다. 정어리 통조림 같은 선실, 물을 넣어 복원한 건조식품, 사람을 지치게 만드는 강의와 실험과 운동과 자유낙하 훈련까지도. 심지어 쉬이 찾아오는 어지럼증마저 사랑했다.

"정말 우주에 있다는 걸 실감할 수 있잖아!"

리비보다 더한 애들도 있었다. 몇몇 생도는 마치 성당에 있기라도 하듯 입을 떡 벌리고 목소리를 낮춰 경건한 어조로 이야기하며 통로를 돌아다녔다. 그들은 내가 우주정거장에서 체육관 로커 냄새가 난다고 하자 내가 무슨 이단 행위라도 한 듯 노려봤고, 자기들이 가장 좋아하는 화제로 돌아갔다. 그곳에 있는 게 얼마나 행운인지 말이다. 한 주가 끝나갈 무렵에는 나는 그들에게서 벗어날 수만 있다면 우주복 없이 에어록 밖으로 걸어 나갈 준비가 되어 있었다.

또한 킴킴이 휴대전화 연결 방법을 알아낼 경우 어떻게 킴킴과 이야기할지, 어떻게 하면 학적과

가 불시에 휴대전화를 압수할 수 없도록 안전한 장소에 몰래 보관할 수 있을지도 걱정되었다. RAH의 설계도를 확인했지만, 우주정거장 그 어디에도 혼자 있을 만한 장소는 없었다. 강의실이며 실험실마다 당직 서는 생도들로 빈 시간 없이 꽉 차 있었다. 식당도 체육관도 무중력 모듈도 마찬가지였고, 지난번에 갔던 의무실에는 개별 진료실 하나 없이 군용 침대들이 일렬로 늘어서 있었다.

샤워 중에는 잠깐의 프라이버시를 가질 수 있었고(아주 잠깐이었고, 물 사용은 통화 시간보다 더 제한적이었다), 소등 시간 30분 전에도 '개인 시간'이 허용되었지만, 강제 사항이 아닌 데다, 선실에서 리비가 사용하는 절반은 0g에서 변기 사용하는 법을 배우는 게 얼마나 신나는 일인지 토론하는 생도들로 늘 미어터졌다. 코리앤더가 그리울 지경이었다.

나는 설계도를 다시 검토하며 어디라도 쓸 만한 곳이 있는지 찾아보았다. 여차하면 학적과 사무실의 안쪽 방에 숨을 생각도 했지만, 파일이 도착하는 데 왜 이리 오래 걸리는지 물어보러 갔을 때 그곳은 신입생 출입 금지 구역이라는 말을 들었다. 도킹 모듈 또한 마찬가지로 출입 금지 구역이었고, 외부 구역 전체는 방사선에 너무 많이 노출돼 현실적으로 불가능했다.

유일하게 가능한 곳은 창고 구역이었는데, RAH의 고밀도 세상에서는 바닥, 천장, 벽, 그리고 에어록처럼 다른 용도로는 사용되지 않는 공간 전체를 의미했다. 설계도에 따르면 지금은 전부 보급품으로 채워져 있지만 보급품들이 소진되고 나면 빈 공간이 될 거다(3분의 2g에서 앉는 법을 익히는 즐거움에 대한 토론이 벌어졌던 개인 시간 도중에 떠오른 생각이었다).

나는 사용 가능한 몇 곳을 눈여겨보아 두었고 이후 며칠 동안 틈틈이 탐사한 끝에, 수경 재배 농장용 영양물질이 담긴 플라스틱 드럼통들 틈에서 공간을 찾아냈다. 그리 넓지 않은 곳이었고 천장 위에 있었지만, 운이 좋게도 자유낙하 구역에 자리 잡고 있어, 한 곳에서 다른 곳으로 몸을 던져 이동

해도 크게 다치지 않는 법을 터득할 수 있었다. 나는 절반은 둥둥 떠서 그리고 절반은 밧줄을 이용해 천장 위로 올라간 뒤 그곳에 몸을 욱여넣고 해치를 다시 닫고 축복과도 같은 15분을 홀로 보냈다(너무 넓지도 좁지도 않아 둥둥 떠다닐 염려가 없는 완벽한 크기였다).

더 오래 머물 수도 있었지만, 곧 수업이 시작된다는 사실이 기억났고, 거기 있는 걸 들켜서도 안 됐다. 나는 선실로 돌아가 자유낙하 구역 사용 스케줄을 외운 뒤 학적과에서 메시지가 왔는지 확인했다.

도착한 메시지는 없었지만 내 스케줄에 '화요일. 1600시. 학적과 사무실에서 회의'라고 적혀 있었다. 즉 은신처는 필요 없게 됐다는 의미였다.

★

"자네의 지원서를 검토했네."

학적과 직원이 말했다.

"모든 게 규정에 따라 잘 처리됐더군."

"규정을 지켰다고요?"

내가 멍하니 말했다.

"그래."

그가 콘솔을 보며 말했다.

"지원서, 입학시험, 지구력 테스트 결과, 종합 심리검사 점수. 여기 다 있어."

"지원서라니요?"

어찌나 벌떡 일어섰는지 하마터면 책상을 넘어 남자 쪽으로 날아갈 뻔했다.

"말씀드렸잖아요. 전 지원하지 않았다고요!"

"면접관 평가와 선발 위원회의 회의록도 요청했어. 자넨 실제로 지원을 했고……."

"하지 않았……."

"……적절한 절차에 따라 선발되었네."

"그 지원서를 보고 싶습니다. 위조된 게 분명……."

"신입 생도들이 감정의 혼란을 겪는 건 흔한 일이야. 낯설고 새로운 환경, 가족과의 분리, 수행 불안 모두가 혼란의 요인이 될 수 있지. 혹시 사관학교에 입교하고 싶어 했던 친구가 있었나?"

"네, 하지만……그러니까 제 말은, 사관학교에 들어오고 싶었던 건 그 애였지 제가 아니었어요. 전 지원하지……."

그는 점잖게 고개를 끄덕였다.

"지금 자넨 입교 허가를 받아들인 게 그 친구에 대한 배신이라고 느끼는 거야."

"아니에요!"

내가 말했다.

"전 지원서를 작성하지 않았다고요. 그 지원서라는 것 좀 보여주세요."

"얼마든지."

그가 키보드를 치자 화면에 지원서 이미지가 떴다.

지원서엔 '테오도라 제인 바움가르텐'이라고 적혀 있었다. 이건 악몽이야. 나는 생각했다. 생년월일, 주소, 학교……. 나머지 정보란들을 다 읽기도 전에 직원은 다음 화면을, 또 그다음 화면을 띄웠다.

"봤지?"

그는 그렇게 말한 뒤 내가 제대로 보기도 전에 마지막 화면을 닫아버렸다.

"이런 말을 해도 되는지 모르겠지만 꽤 인상적인 지원서야. 내 생각에 자네는 우리 사관학교의 훌륭한 인재가 될 거네."

"사령관님을 만나고 싶습니다."

내가 말했다.

"그분도 같은 이야기를 하실걸."

그가 키보드를 몇 번 더 두드리자 터미널이 종이 한 장을 뱉어냈다.

"닥터 투말리와 진료 약속을 잡아놨네. 자네가 느끼는 상반된 감정을 정리할 수 있게 도와주실 거야."

"상반된 감정 같은 건 없다고요. 전 이곳이 너무 싫고 집에 가고 싶어요."

나는 그를 향해 새된 소리를 질렀고 쿵쿵거리며 사무실을 걸어 나간 뒤 문을 쾅 닫았다. 뭐 비슷했다. 3분의 2g에서는 문을 쾅 하고 닫아봤자 별로 인상적이지 않았다. 그러고 나서야 나는 문을 쾅 닫는 대신 한 번 더 통화할 기회를 요구해야 했음을 깨달았다. 이번엔 엄마한테 연락할 셈이었다. 엄마는 내가 지원했길 내심 기대했다고 털어놨었다. 어쩌면 엄마가 나 대신 지원서를 작성했을지도 모른다. 아니, 어쩌면 이게 정말 재밌는 장난이라고 생각한 코리앤더의 짓인지도 모른다. 후이자마 교장 선생님의 소행일 수도 있다. 더 많은 생도를 배출해야 윈프리 고등학교의 위상이 올라갈 테니까.

하지만 그들이 지원서를 작성하고 내 서명을 위조했다 해도, 입학시험이나 면접 결과를 위조했을 수는 없다. 그건 말도 안 되는 일이었고, 더는 그 문제에 대해 생각할 시간도 없었다. 곧 소행성 채굴에 관한 에세이 과제물을 제출해야 했고, 달 지리학 시험을 대비해 공부도 해야 했다.

'도와줘.'

나는 킴킴에게 메시지를 보냈다. 화면이 밝아졌다.

'통신 가능 범위 이탈.'

5

사흘 뒤 나는 UCLA를 포기해야 하는 일이 있더라도 사관학교에서 퇴학당할 만한 뭔가 극단적인 행동을 취하기로 결심했다. 그런데 쉬는 시간에 휴대전화가 울렸다.

"뭐야?"

리비가 졸린 목소리로 물었다.

"킬러 유성."

내가 전화를 메시지 모드로 바꾸며 말했다.

'거기 있어?'

화면에 메시지가 떴다.

'응.'

나는 '잠깐 기다려'라고 메시지를 보낸 뒤 자유 낙하 구역으로 달려가다가 하마터면 그곳에서 무중력 축구를 즐기고 있는 2학년생들에게 들킬 뻔했다. 나는 킴킴이 그새 통신이 끊겼다고 생각하지 않길 바라며 축구가 끝날 때까지 기다렸다가 나의 은신처로 휙 올라갔다.

나는 그 공간 안으로 들어가자마자 휴대전화를 음성 모드로 바꾸고 말했다.

"킴킴, 거기 있니?"

아무런 대답이 없었다.

이런 젠장. 나는 지연이 있다는 사실을 기억해 냈다.

"나 여기 있어."

킴킴이 말했다.

"너무 오래 걸려서 미안해. 사관학교가 우리 대화를 엿듣지 못하게 암호를 셋업 하느라 골치를 썩었어."

"괜찮아."

내가 말했다.

"네가 내 지원서 좀 봐줘야겠어."

"지원 안 했다고 했잖아."

"안 했지. 그런데 학적과 직원이 내 지원서처럼 생긴 걸 보여주는 거야. 서명 검증 작업이 있었는지, R-스캔인지 지문인지, 그리고 어느 사이트에서 공증을 했는지 알아내줘."

"IASA가 위조했다고 생각하는 거야?"

"IASA일 수도 있고 다른 사람일 수도 있어. 네가 내 이름으로 지원서를 제출한 건 아니지?"

"그 말은 억울한데."

킴킴이 말했다.

"지원서를 위조할 생각이었다면 내 걸 위조했겠지."

킴킴은 이틀 후 텐서 미적분학 수업 중간에 다시 전화했고, 지원서에 접근할 수 없다고 말했다.

'드디어 사관학교 데이터베이스랑 생도들의 지원서 파일들을 해킹했는데, 네 지원서는 볼 수가 없었어.'

'왜냐면 존재하지 않으니까.'

나는 은신처로 가서 답장했다.

'내 말은 그게 아니야. 네 이름으로 된 파일이 있는데 열 수가 없어.'

'나랑 관련 없는 사람을 이용해 접근 요청을 해보면 어떨까?'

'벌써 해봤어. 자카르타에 사는 내 언니의 친구의 친구를 이용했지. 역시나 접근이 불가능했어. 전문 해커들한테 연락해 부탁해봤지만 아무도 못 했어. 막혀 있다고. 다른 생도들의 지원서는 볼 수 있지만 네 것은 못 봐.'

'음, 계속 시도해봐.'

나는 통화를 끊고 휴대전화를 제복 앞쪽에 쑤셔 넣은 뒤 해치로 기어가 해치를 열기 시작했다.

그때 발밑에서 사람들의 목소리가 들려왔다.

1900시도 안 됐는데 축구팀이 여기 있을 리가 없었다. 나는 조용히 해치를 다시 닫고 바닥에 납작 엎드려 대화를 엿들었다.

"내 룸메이트 때문이야."

리비의 목소리였다.

"그 애랑 친해지려고 정말 노력했는데 그 앤 여기 있기 싫은 애처럼 군다고."

네 말이 맞아. 내가 여러모로 그렇지. 나는 생각했다.

"리비 말이 맞아. 그 룸메이트는 태도에 문제가 있더라."

친구 중 한 명이 말했다.

"여기로 오길 간절히 바라는 지원자가 수천 명도 넘는데 어떻게 그런 애가 합격했는지 정말 모를 일이야."

"그 앨 뽑을 만한 좋은 이유가 분명히 있었겠지."

리비가 말했다.

"하지만……."

그러고는 나의 단점을 10분에 걸쳐 늘어놓았고, 나는 거기 누워 그걸 죄다 들을 수밖에 없었다.

"그래서 여기서 만나자고 한 거야."

나의 단점들에 대한 불평을 그친 뒤 리비가 말했다.

"네 조언이 필요해."

"룸메이트를 바꾸고 싶다고 학과장님께 말씀드려."

다른 친구가 말했다.

"그럴 순 없어."

리비가 말했다.

"건강한 인간관계를 맺지 못하는 건 신입생이 실패하는 가장 큰 원인이야."

"다음번 우주유영 때 EVA 끈을 잘라버려."

첫 번째 친구가 말했다. 내 귀에는 건강한 인간관계를 맺는 방법으로 들리진 않았다.

"그 앨 그릭스 생도한테 소개하는 건 어떨까?"

다른 목소리가 말했다.

"서로 쿵짝이 잘 맞을 것 같은데."

"그릭스 생도가 누군데?"

리비가 물었다.

"나랑 같이 외계 화학 수업을 듣는 3학년생이야. 제프리 그릭스. 좋아하는 것도 좋아하는 사람도 없는 생도지."

"지난주 식당에서 옆에 앉았는데 도저히 못 견디겠더라."

첫 번째 애가 말했다.

"게다가 얼마나 우쭐대는지. 자기는 입교하러 지원서를 제출할 필요조차 없었다나. 그 애 말로는……이게 무슨 소리지?"

내가 너무 놀라 영양물질이 든 드럼통 하나를 발로 찼나 보다. 나는 숨을 죽이고 그들이 주위를 살피지 않기만을 바랐다.

"그 애 말로는 자기가 너무 똑똑해서 입학시험도 안 치렀는데 사관학교에서 그냥 입교시켜줬대."

"정말 서로 소개해줘야겠다, 리비. 어쩌면 그 두 사람이 방을 같이 쓸지도 모르잖아. 그럼 네 문제도 그 애 문제도 해결이 되는 거지."

내 문제는 해결됐어. 내가 생각했다.

그들이 떠나자마자 나는 킴킴에게 전화했다.

"생도들의 파일에 접속해줘."

"내가 말했잖아. 네 파일 근처에도 갈 수 없다니까."

101

"내 파일이 아니야."

내가 말했다.

"제프리 그릭스라는 생도의 파일이야. 3학년생."

킴킴이 내가 불러준 이름을 되뇌었다.

"뭘 찾아봐야 하는데?"

"지원서."

내가 말했다.

킴킴이 다음 날 내게 전화했다.

"제프리 그릭스의 지원서 파일은 존재하지 않아."

"그럴 줄 알았어. 있잖아, 지난 5년간 입학한 생도들의 파일을 다 뒤져서 지원서가 없는 사람이 몇 명인지 알아봐."

"벌써 했지. 8년 치 파일을 뒤졌는데 네 명이 더 있었어. 한 명은 작년에 입학했고, 두 명은 4년 전, 그리고 나머지 한 명은 7년 전에 입학했어."

"그 사람들이 지금 어디 있는지 알아봐줘."

"알아봤는데, 내 대답을 좋아하지 않을걸. 한 명 빼고 전부 아직 사관학교에 다니거나 IASA에서 일하고 있어."

"나머지 한 명은?"

"의병 제대했어. 사유는 '우주 환경에 적응 불가.' 팔리타 두바이라는 여자야. 지금은 하버드 대학원에 다니고 있지."

킴킴이 말했다.

"다른 사람들 이름도 알고 싶어?"

"응."

나는 그렇게 대답했지만 이미 알고 있었다. 학적과 직원은 다섯 명의 지원서가 없다는 사실이 증명할 수 있는 건 아무것도 없다고 할 터였다. 그는 실수로 삭제됐다고 주장할 거다. 실수로 삭제한 게 아니라면, 왜 나한테 보여준 것 같은 가짜 지원서들을 올려두지 않았을까?

나는 킴킴에게도 같은 질문을 했다.

"글쎄."

킴킴이 말했다.

"하지만 이건 분명 실수가 아니야. 그 사람들의 IASA 임명장을 살펴봤는데 또 다른 점을 발견했어. 계급 옆에 'D.A.'란 글자가 있었어. 제프리의 계급 명에도 들어 있더라. '3학년 생도, D.A.'"

D.A. 지방 검사(District Attorney)? 지원하지 않았음(Didn't Apply)? 발을 구르고 비명을 지르며 끌려 나갔음(Dragged Away)?

"IASA 사전을 뒤져봤는데 D.A.란 용어는 없었어."

킴킴이 말했다.

"그게 무엇의 약자인지 내가 알아볼까?"

"그럴 필요 없을 것 같아."

나는 통화를 끊고 선실로 돌아와서는, 학적과 직원한테서 받았던 정신과 진료 예약서 뒷면에 'D.A.'라고 적은 뒤, 종이를 반으로 접어 경호원에게 건네주며 학적과 사무실 문 밑에 밀어 넣어달라고 부탁하고, 내 선실로 돌아가 기다리기로 했다.

하지만 선실까지 채 반도 못 가고 기숙사 구역에 다다르기도 전에, 나를 기다리고 있는 4학년 생도 한 명을 만났다.

"바움가르텐 생도?"

4학년생이 말했다.

"학적과에서 널 보고 싶어 해."

그러고는 나를 다시 학적과 사무실로 데려갔다.

"어서 와라, 바움가르텐 양."

학적과 직원이 말했다.

"자리에 앉지."

나는 그의 책상 위에 진료 예약서가 놓여 있는 걸 보았다. 또한 나를 바움가르텐 생도라고 부르지 않았다는 것도 알아챘다.

"절 보고 싶어 하신다고 들었……."

나는 말을 하다가 그가 했던 말을 되씹었다. 바움가르텐 생도가 아니라 바움가르텐 양. 나는 의자에 앉았다.

"대답을 듣기까지 너무 오래 기다리게 해서 미안하네."

그가 말했다.

"학기가 시작하면 첫 몇 주 동안은 늘 정신없이 바빠서 말이야. 하지만 지원서 확인 절차가 마침내 끝났다네. 자네 말이 맞았어. 지원 소프트웨어상에 발생한 오류가 자네를 지원자로 인식했더군. IASA

는 이번 오류로 인해 자네가 불편을 겪은 점에 대해 진심으로 사과하네."

"불편이라고요?"

"자네가 불편을 겪은 점과 수업 시간을 낭비한 부분에 관해서는 배상을 해주겠네."

그는 부드럽게 말을 이어 나갔다.

"UCLA에 가고 싶어 한다고 알고 있네. 이미 UCLA 측에 상황을 설명했고, UCLA에서 자네의 편리에 맞춰 면접 스케줄을 재조정하기로 동의했어. 혹시라도 다른 문제가 생기면 언제든지 나에게 연락하게."

그는 나에게 폴더 하나를 건네주었다. "제대 서류들이야."

나는 폴더를 열어 서류들을 읽었다.

'제대 사유' 옆에 '의병 제대-우주 환경에 적응 불가'라고 적혀 있었다.

"언제든 원할 때 떠나도 좋아."

직원이 말했다.

"내일 출발하는 셔틀에 자네 자리를 마련해뒀

네. 셔틀은 0900시에 출발해. 하지만 자네가 원한다면 민간 셔틀을 준비해줄 수도 있어. 우리가 해줄 수 있는 게 더 있다면 언제든지 알려주게나."

그는 의자에서 일어나 책상 앞으로 돌아 나왔다.

"우리와 함께했던 시간이 너무 불쾌하진 않았길 바라네."

그리고 그는 손을 내밀었다.

내가 할 일이란 악수를 하고 키트를 챙겨 셔틀을 타고 축복받은 지구로 돌아간 뒤 UCLA에 입학하기만 하면 됐다. 무척이나 솔깃한 제안이었다.

"죄송합니다만."

내가 팔짱을 끼면서 말했다.

"그것만으로는 충분하지 않습니다."

"충분하지 않다고? 왜 사관학교를 떠났는지 친구와 가족들이 질문할 게 걱정된다면 내이(內耳) 문제로 코리올리 효과에 적응하기 불가했다는 내용의 증명서를 발행해주지. 의병 제대는 불명예스러운 게 아니야."

"전 의병 제대를 원치 않습니다. 진실을 알고 싶

어요. 왜 저를 납치했죠? 저 말고 또 얼마나 많은 사람에게 같은 일을 저질렀나요? 제가 아는 것만 해도 최소한 열 명입니다."

나는 거짓말을 했다.

"우리에게 원하는 게 뭐죠? 지원자가 부족하다는 말은 안 하시는 게 좋을 겁니다."

"사실 그게 바로 우리가 자네를 납치한 이유야."

그가 말했다. 그리고 안쪽 사무실을 향해 큰 소리로 말했다.

"사령관님! 사령관님께서 직접 말씀하시는 게 좋을 것 같습니다."

사령관이 들어왔다. 사령관 제복을 입고 계급장도 달고 있었지만, 이 여자가 사령관일 리가 없었다. 윈프리 고등학교에 왔던 바로 그 모집관이었기 때문이다.

"바움가르텐 양, 다시 만나니 반갑군."

사령관이 말했다.

"당신!"

내가 말했다.

"제가 집합에서 한 그 질문 때문에 벌을 주려고 납치했군요."

"그렇기도 하고 아니기도 해."

사령관이 말했다.

"벌을 줄 생각은 전혀 없었네. 그리고 난 '납치한다'라는 말 대신 '상하이한다'라는 말을 좋아하지."

"상하이했다고요?"

"그래. 1800년대에 상하이 항구에서 벌어진 일에서 유래한 말이지. 길고 위험한 항해에 데려갈 선원들을 구하기 위해 선장들이 사용했던 변칙적인 수법이야. 필요한 선원을 구할 다른 길이 없을 때 약물로 정신을 잃게 한 뒤 배에 실어 출항하기 전까지 감금했지. 좋은 방법은 아니지만 가끔은 필요할 때가 있어."

"믿을 수 없어요."

내가 말했다.

"매년 사관학교에 들어오고 싶어 죽을 지경인 학생들이 수도 없이 널렸잖아요."

"자네 말이 맞아."

사령관이 말했다.

"작년엔 4단계 입학 심사를 모두 성공적으로 통과한 학생이 9천 명이나 됐지. 우리는 그들 중 3백 명을 선발했고, 그 3백 명은 9천 명 중에서도 가장 결의에 차고 헌신적인 이들이었어."

"그리고 다들 이곳에 있다는 사실에 무척 흥분해 있고요."

내가 말했다.

"맞아. 그들은 사관학교를 사랑하고 IASA를 사랑해. 그런 종류의 강력한 헌신은 분명 필요하지. 우주 탐험은 믿을 수 없이 힘들고 위험할 뿐만 아니라 때론 목숨까지 걸어야 하니까. 자신들이 하는 일에 대한 절대적인 믿음이 없이는 할 수 없는 일이지. 하지만 그런 헌신이 때론 약점이 되기도 한다네. 정글과 헤어나지 못할 정도로 사랑에 빠진 탐험가들은 뱀에게 물리거나 호랑이의 먹잇감이 되기도 해. 정글의 위험과 난점을 충분히 인식하고 그 아름다움에 도취되지 않는 사람이 IASA에겐 필요해. 생존하기 위해서야.

다시 말해, 우린 우주를 항해하며 좁고 폐쇄된 숙소에서 살 능력이 있는 이들과 함께, 회의적이고 독립적이며 권위에 의구심을 품는 이들도 모은다네. 간단히 비유하자면 정글을 싫어하는 이들이지. 안타깝게도 그런 이들은 사관학교에 오지 않기 위해서라면 할 수 있는 모든 걸 다 하기 때문에 강제로……."

"그들을 상하이한다."

내가 말했다.

"그러니까 정리하자면, 사령관님이 절 입교시킨 게 제가 입교하기 싫어해서라는 건가요?"

"맞아."

"그렇다면 제가 여기에서 할 일이 뭐죠?"

"정확히 자네가 이제껏 해온 일들이야. 감동하기를 거부하고, 권위에 도전하고, 규칙을 깨는 것. 친구와 소통하고자 하는 자네의 투지는 특히나 교육적이었지. 우린 분명 해킹 예방에 더 신경 써야 할 필요가 있어. 내부 문서라 하더라도 'D.A.'란 단어를 사용해선 안 된다는 것도 배웠지. 생도들에게 사적 공간을 제공할 필요성을 재검토해야 한다는 것 또한 분명해졌고. 자넨 가치 있는 임무들을 수행해낸 거야."

사령관이 말했다.

"IASA는 자네에게 고마워하고 있네."

사령관이 손을 내밀었다.

"제 질문은 아직 끝나지 않았습니다."

내가 말했다.

"왜 사람들을 상하이해야 하죠? 왜 그냥 저에게 물어보지 않았나요?"

"그랬다면 왔겠나?"

나는 사령관이 지원자들을 모집하러 윈프리 고등학교에 왔던 날을 떠올렸다.

"아니요."

"바로 그거야."

사령관이 말했다.

"그리고 D.A.들을 이곳으로 억지로 데려와야만 우리가 바라는 비판적 마인드를 지켜낼 수 있거든."

"하지만 진실을 알아낸다면 분명 미친 듯이 화

를 내며 사관학교든 IASA든 다 때려치우고 싶어 하겠죠.”

내가 말했다.

“사실이네.”

사령관이 아쉽다는 듯이 말했다.

“하지만 보통은 알아내지 못해. 이걸 알아낸 사람은 자네가 두 번째야.”

“처음 알아낸 이가 혹시 팔리타 두바이였나요?”

내가 물었다.

“아니.”

사령관이 말했다.

“유감스럽게도 두바이 생도는 실제로 의병 제대를 했네. 내이에 문제가 생겼지.”

나는 눈살을 찌푸리며 생각했다. 하지만 처음 밝혀낸 사람이 두바이가 아니라면, 그건 다시 말해 음모를 밝혀냈다고 해서 자동으로 제대하게 되진 않는다는 거고, 그렇다면 그건…….

“또 다른 D.A.들은 관료주의적인 문제가 있었거나, 혹은 자신들이 너무나 특출해서 지원할 필요

조차 없었다고 결론지었지."

제프리 그릭스 이야기군. 나는 생각했다.

"또는 집으로 돌아가려 애쓰길 결국 포기하고
선, 음식 문제와 태양 플레어에도 불구하고 자신들
이 사관학교를 좋아한다고 결론 내렸지."

사령관이 고개를 저었다.

"우리는 자네가 우주를 싫어한다는 사실을 과
소평가했어. 자네 친구의 해킹 실력과 통신 능력
도. 혹시 킴킴은 생도가 되는 데 관심이 없나?"

"그건 사령관님이 무슨 목적으로 킴킴을 원하
는가에 달려 있죠."

내가 말했다.

"뛰어난 해커를 찾는 거라면 킴킴은 오고 싶어
할 겁니다. 하지만 또 다른 D.A.를 찾는 거라면 전
혀 아니에요. 아마 여기까지 끌려오는 내내 발을
구르고 비명을 지를 테고 빠르면 빠를수록 좋을 겁
니다."

사령관이 싱긋 웃었다.

"자네를 잃게 돼서 정말 유감이야. 난 자네가

훌륭한 D.A.가 됐을 거로 생각하거든."

사령관은 의자에 등을 기댔다.

"내가 자네의 질문에 모두 대답했나?"

"아니요."

내가 말했다.

"질문이 두 개 더 있습니다."

"D.A.가 무엇의 약자인지 알고 싶겠지."

"그건 이미 알고 있습니다. 악마의 변호인(Devil's Advocate), 즉 선의의 비판자죠."

사령관이 학적과 직원을 바라보았다.

"똑똑하다고 내가 말했지?"

그리고 나를 향해 미소를 지었다.

"진실을 밝혀낸 또 한 명의 생도가 누군지 알고 싶나?"

"아니요. 그것도 압니다. 바로 사령관님이죠."

사령관은 고개를 끄덕였다.

"이러한 결점들에도 불구하고 사관학교를 좋아하기로 결심하신 겁니까?"

내가 물었다.

"아니."

사령관이 말했다.

"난 이곳이 완전히 엉망진창이라고 생각했어. 저들이 어떤 짓을 하고 있는지 잘 아는 이들이 지휘권을 갖고 상황을 바꾸지 않는다면 완전히 망가지고 말거라 생각한 거야."

"사령관님 말씀이 옳다고 생각합니다."

내가 말했다.

"누군가 살인을 저지르기 전에 사적인 공간을 마련해주셔야 합니다. 음식도 당연히 손을 봐야 하고요. 그리고 컴퓨터 실력을 갖춘 생도들이 더 많이 필요합니다."

"우리가 뭘 할 수 있는지 생각해보겠네."

사령관이 말하고 손을 내밀었다.

"이곳에 온 걸 환영하네."

나는 사령관에게 거수경례를 했다.

"생도 바움가르텐, 입교를 명령받았기에 신고합니다."

내가 말했다.

"질문이 두 개라고 한 거 같은데."

학적과 직원이 말했다.

"다른 하나는 뭐지?"

"두 분 중 누가 내기에서 이기셨나요?"

"내가 이겼지."

사령관이 직원을 향해 활짝 웃으며 말했다.

"똑똑한 학생이라고 내가 말했잖아."

뭐, 저들은 내가 얼마나 똑똑한지 잘 모른다. 얼마나 많은 골칫거리를 자청해서 겪으려 하는지도 모르고 있다. 저들이 원하는 게 독립성, 권위에 대한 도전, 그리고 규칙을 어기는 일이라면 킴킴과 나는 온갖 짓들을 작당해낼 수 있었다. 나는 곧장 은신처로 가 킴킴에게 전화를 했다.

화면이 켜지고 '불법 통신. 금지.'라는 문구가 떴다.

나는 기다렸고 몇 분 후에 킴킴이 말했다.

"미안. 전파 방해 장치를 우회하는 데 시간이 좀 걸렸어. 'D.A.'가 무슨 뜻인지 알아냈어."

"나도."

내가 말했다.

"네가 사관학교에 지원하는 걸 꼭 재검토했으면 좋겠어. 그리고 막판에 닥쳐서 하지 않으려면 지금 바로 키트를 챙기는 편이 좋을 거야."

"짐은 벌써 다 꾸렸어."

킴킴이 말했다.

"좋았어."

내가 말했다.

"네가 챙겨와야 할 물건들의 목록을 뽑아놨어. 일단 우리 아빠한테 가서 악취탄 제조법부터 물어봐줄래?"

〈끝〉

옮긴이 **김세경**

미국 캘리포니아 주립대학교에서 언어학으로 석사 학위를 받았고, 럿거스 대학교에서 언어학 박사 과정을 마쳤다. 옮긴 책으로 《베스트 오브 코니 윌리스》(공역), 《자신을 행성이라 생각한 여자》, 《정신병원을 탈출한 여신 프레야》 등이 있다.

디. 에이.

초판 1쇄 발행   2023년 9월 10일

지은이   코니 윌리스
옮긴이   김세경
펴낸이   박은주
디자인   김선예, 이수정
마케팅   박동준
인쇄   탑프린팅

발행처   (주) 아작
등록   2015년 9월 9일 (제2023-000057호)
주소   07236 서울특별시 영등포구 의사당대로 38
       102동 1309호
전화   02.324.3945-6   **팩스**   02.324.3947
이메일   arzaklivres@gmail.com
홈페이지   www.arzak.co.kr

ISBN   979-11-6668-743-3 03840